穂水

山口智子歌集

現代短歌社

目次

穂水

新年の雪

農にあれば天子さまより旨い米食ふとふ翁に学ぶ米作り

大雪は豊年のしるし大晦日に降り来る雪よ田にしげく降れ

布団よりいくたびか出でしろたへの雪見むと立つ初雪の夜

雪の上に雪のなだるる音のみのときをり響く聞き慣れぬ音

向かうの山となりの家をかき消して雪は南天の赤き実に降る

降る雪のものみなおほふ山峡を二羽の烏がさびさびと飛ぶ

田に撒ける六百キロの米糠に雪はこんこんと降り積りゐむ

裏山より下りたる小雀遊ばせて牡丹雪つむ庭のあかるさ

珍しき雪を言ひつつ上の家も下の家もひとつ坂道を掃く

枯れ松

追ひ焚きの松子《まつご》を掻きし日も遠く村山の松なべて枯れたり

白鷺、鳶、烏ら止まる立ち枯れの大松高く太き枝延ぶ

どの木よりも高き枯れ松逆光に黒々立てり朝の空に

陣取りに枯れ松の秀を争ひて烏は鳶に勝ちたるらしも

枯れ松の枝に鳥が三羽をり一羽は少し離れて止まる

この秋は寄り来る鳥の影もなく大き枯れ松傾ぎゐるらし

雑木の芽煙れる山に春の木とならず立ちゐる大枯れ松は

朝夕に親しみ見たる立ち枯れの大松 頽《くづほ》れがらんどうの空

三十余年枯れたるままに立ちし松は頽るるさま誰にも見せず

春耕

尾羽ふる背黒鶺鴒引きつれて寒の田おこす夫のトラクター

打ち起す土より出でたる雨蛙いまだか黒く目をしばたたく

稲もまた手の温もりを喜ぶと勝手に思ふ糠を撒きつつ

畦焼きの着火の位置を定めむと夫は指たて風の向き読む

軽トラックの運転席に匂へるは草刈る合間に摘みし早蕨

水浅き川にさざ波たてて ゆく鯉わが影をバシャリとたたく

春耕に黒光りする土塊は切り口とどめ田に並ぶなり

耕耘機に整地されたる雨あがりの田を縁どれるたびらこの花

はつか明るむ

春立つと雛《ひひな》は箱に目覚めゐむ射し込む光はつはつ明る

雛には雛の眠り箱の闇に時流れつつわが側《そば》にあり

目を閉ぢず眠る雛のうす紙をめくれば漏るるかすかなる声

雛壇を飾る雛に陽は遊びはつか明るむ二月の座敷

扇形に水脈ひきて来る水鳥はふくるる胸に春の陽を知る

対岸に軽鴨の雛つらなれり雨後の日まぶしき午後の用水

九羽の雛つれたる母鴨胸張りて大用水の真中を泳ぐ

三月の月

コンビニのおでんで済まさう　帰るさに助手席より見るやさしい三日月

かなしみは空へ放てといふやうにこの西空に高き月かげ

家までの坂のしばらく三日月は佇むわれをかげにひたらす

石垣にうつるわが影手に撫でぬ今日のこの怒りしづめかねゐて

闇ふかき夜の奥処に星影を沈めて冴ゆる三月の月

春はやちに流るる雲を潜り抜け潜り抜けては走る月かげ

ちから込め体内時計の螺子まかな白蓮しづかに開くあしたは

やはらかに幹濡らしつつ白蓮の花に降る雨ましてやはらか

確定申告へ向かふ車窓をよぎりゆく白木蓮の花のまぶしも

障子

こころ晴れず障子二十枚張り替へて座つてみたが何もかはらぬ

張り替へし障子の桟の影濃きを客の去《い》にたる座敷に見をり

明り障子の紙の白さはお結びの白さに似ると思ふ朝なり

三月の雪降る真昼障子の紙すこしゆるみてややくらみたり

ぬれ縁と障子の似合ふ小兵衛なり「剣客商売」の老優藤田

山鳩の声かぞへつつ障子張る戦中生れ遊び下手なり

猫と諸葛菜

零れ種の諸葛菜の花庭にあふれ紋白蝶ひとつ見えかくれとぶ

丸まりて真白き猫が眠りをりゆれる諸葛菜に半身うもれ

花の香にうつとりと眠る猫ならむ風に小さく耳のみ動く

主《あるじ》なきことなど忘れ眠りゐるふはふはの猫春の風吹く

ワンピースの少女に抱かれる夢見つつ猫はわづかに身じろぎにけり

諸葛孔明は花にもその名を残しをり日本の庭を紫に染め

花吹雪

振り仰ぐ桜大樹は咲き満ちて花を吹く風白くまぶしも

風吹けど散らで咲きゐし桜花今しろじろとわれへ吹雪くも

しろがねに花降らしたる桜木のややありてまたはげしく吹雪く

散る花はみな散らしめて行く春や時とどまらぬ古木の桜

叔父の名の刻まれてゐる忠魂碑桜ふたもと枝を延ばしぬ

老い母の安らけくとぞひざまづく花降る寺のみ仏の前

走りゆく車を落花があとを追ひ裏参道に白き風たつ

限りなく花びら散らす風の中うつつともなく歩みを忘る

米糠を撒く

基肥の米糠撒かむ田をうづめ種漬け花の白く咲きたり

麦ゆらす真青の風に吹かれつつ米糠一トンの基肥を撒く

ひんやりと背を伝ひ来る花の気に心なごみつつれんげ田に寝る

れんげ田の花の匂ひに目つむれば蜜蜂の羽音せはしく響く

基肥の糠撒くわれを軽やかに越えて飛びゆく白蝶一つ

基肥を撒くわが前を鳥影の大きく過りひと日暮れゆく

苗代作り

種籾の塩水選をするわれを手持ち無沙汰に見る夫あり

いつせいに籾の発芽の揃ふ夜すひかづらの花かすかに匂ふ

二百枚の苗箱ならべ腰伸さむと畦にあがればすぐには伸びず

苗代を腹這ふみみずつやつやとからだ伸ばせり黒土の上

夕暮れの大用水を三匹のヌートリア泳ぐ音もたてずに

苗代を仕上げてつかる夜の湯に山の蛙のやかましき声

ラブシートを透けるさみどりの苗代に稲の針芽の揃ひたるらし

ラブシート剥ぎたる真夜に苗代の苗思ひをり大雨の音

田の土に小さきくぼみ残しをり苗代の種籾あさる雀ら

苗代の上空にしも鳴く雲雀したしみ仰ぎ苗育ちゆく

背の高き麦藁帽の種案山子《たねかかし》眠るごと立つ夫のシャツ着て

幼

通るたび赤子の頬つぺ軽くひねり幼き姉が周りうかがふ

やさしくも曾孫へ寄する母の頬幼きわれの触れられし頬

あゆみ来る幼撮らむと屈まれば倣ひ素早く幼も屈む

前髪を風に吹かれて自転車をこぎ来る幼の額うつくしき

おかつぱが土に触るるも鉄棒の幼は何を秋空に見る

幼児よ夢ふくらませこの空は藍限りなし時に曇るも

母

草土手に凭れて眺むる空の雲母子鯨がゆつくりと行く

老健施設入所を母へ言ひ出せずひと日かかりて蕗の葉を煮る

薄紅の藤の花房陽に映えて下ゆく母の顔若やげり

つかまむと伸ばせる母の手をかすめ風に揺れゐる白藤の花

熱帯魚は華麗に泳ぎ病院の待合室の時の過ぎ行く

臓腑なき切り絵のごとき熱帯魚の泳げる見ればわれは寂しゑ

背戸山の枯れ松の枝の寒烏くわあと鳴きたり母は病むなり

九十二歳の母あればわが命九十まではと疑はずをり

ガラス越しの石榴の花の咲ける朝無言のままの母の旅立ち

墓原は夕あかりして風吹けり水たっぷりと白百合供ふ

母の忌にあはれ弥生の雪ながれわが現し身と墓石を濡らす

夫のふる里

聞き慣れし耳にやさしき讃岐弁ここは讃岐路夫のふる里

幾世紀を鎧と斧に守られて眠れる古墳が今し開かる

展かれし古墳を風が吹きとほる鉄剣出でしはつ夏の尾根

邪霊より墳墓の主を守らむと錆びにし三振りの素《そ》環頭《くわんとう》の大刀

幼日を夫の遊びし桃畑ゆ出でし古墳を高速路がこぼつ

やや甘き夫の生家の味に似る押鮨を食ふうどん屋の店

代掻き

水張田《みはりだ》の夕日の帯をくだきつつ夫のトラクター茜に染まる

代掻けば田は鳥類図鑑　薬撒かぬわが家のトラクターの音覚えゐるらし

代掻きの濁れる水に自《し》が姿愛《かな》しくうつし亜麻鷺遊ぶ

代掻き田へ降り立つ亜麻鷺五十羽に去年の鳥も混じりゐるべし

代掻き田にむらがり漁る亜麻鷺を首たてて見る蒼鷺一羽

米作りの神様といはれる日下《くさか》氏の納屋に今年もつばめ戻り来

直線に弧にひるがへり虫を捕る燕ら一度もぶつからぬなり

ひるがへりひるがへりして夕ぐれの雨にせはしも一羽の燕は

田植

夫の田植機ますぐに走れと念じつつわれ畦に立つ目印として

水張田《みはりだ》にさかしまにある山かげを四筋に植ゑゆく夫の田植機

水張田の水を動かす田植機は緑の線をふつくらと引く

雲の影うつして澄める水張田にあまたの小きもの生きてをり

むかしより「歪み三合」とふがありときをり曲がる夫の田植

夫の田植大川《おほかは》小川《こかは》の筋なせり早苗はよ繁れ株間を埋めよ

田の水にほそほそと立つ早苗かな半月ひそと照らしそめたり

田植する幼きわれをてふてふの移ろふごとしと祖母《おほはは》いひき

勲章

農薬を撒かねば勲章さづかれり今朝水口に生れたる目高

補植せむと身を屈めたる稲の間を水を濁して動く影あり

収量にかかはりなしと思へども小雨の中を今日も補植す

わが植ゑしか弱き苗にぬめぬめと蛙はやも卵産みたり

うす膜のもなかを動くかへる子は今し生れなむこの小さきもの

田の水の黒みゆくまでこのま昼おたまじやくしの生れやまずけり

農薬を撒かぬわが田は千万のおたまじやくしがうじやうじやと湧く

わが田圃いかになるらむこれがみな蛙となりて跳びはねるとき

隣り田の水澄みゐるもかへる子の一つだにゐずただ静かなり

長島愛生園

返り花まばらに咲けるこの島の桜を言ひてバスを降り立つ

「愛生」の編集人の双見《ふたみ》さん背筋伸ばせる媼に会ひぬ

たんたんと来し方語る双見さん改姓を言ふとき頬紅潮す

「ライ予防法」廃止といへどこの島に四百人がひつそりと住む

萬葉集書き写したる海人の水茎の跡あざやかなりき

旧本館は天井高き洋館にして入所者の入るを許されざりき

入所者がまづ入れられし消毒風呂クレゾールの臭ひ今もしみゐる

幼くて島へ来たる子をなぐさめけむ沢蟹あまた側溝に遊ぶ

畦草刈り

まだ眠る家もあらむを草刈りの田水へひびくエンジンの音

いま飲みし水がたちまち汗となり作業衣重く背にはりつく

暑き日が頭を打つやくらくらと向かうの山がぐらり傾く

瑠璃色の大き目玉に空の雲映してやんまが杭にとまれり

軽トラックが新車となれりあと何年続くだらうかわが米作り

軽トラックは四輪駆動のオートマなり孫らはいつも荷台にてはしやぐ

軽トラックに夫と草刈り機二台のせ青田のつづく道を走れり

隣り田と稲の青さを比べゐる草刈り終へし田の畦に立ち

家の坂

元気坂と村人の言ふ家の坂いくたび登る息切らしつつ

家までの坂のしばらくを紋白蝶は光をまとひわれにまつはる

この坂を毎日登るはくすりですと置き薬屋は鞄をひらく

そりかへり足あげるたび横にかしぎ坂くだりゐる二羽の山鳩

ボール遊びのボールが坂をころがるを八歳は追ふわれも追ひにき

車椅子の母の白髪《しらかみ》ひかりけり夫とふたりで坂押ししとき

わが祖父もわが父母《ちちはは》も家の坂を村人の前昇かれ行きにき

夏祭り

夏祭りのあかりの下の大盥に掬はれるための金魚が泳ぐ

風の音人の足音点す灯に金魚のうすきからだひらめく

立ち泳ぎ逆さ泳ぎも自在なる金魚に映るわれとわが夫

秋雨の降りつぐ夜ふけ金魚らは水槽の隅に重なり眠る

琉金でなくてもいいよ名前だつて付いてゐるのだ私の金魚

夏祭りの存続を問ふアンケート賛成に○は百分の九

遠目には小山のやうなる神木の榎は聞くや西瓜割りの音

何百年を生きし榎か秋には鳥夏には玉虫が休む神木

お伊勢講・荒神祭り・夏祭りやめると決まるあつけらかんと

終戦の頃

目と耳を両手でふさぎ道に伏し防空頭巾にふるへてゐたり

祖母の炊く田螺の腸のにがかりき敗戦ちかき雛の節句の

スカートの脛寒かりきもんぺの友並ぶ朝礼の疎開子われは

大声で朝あさ唱ふ「勝チマス」の板書消えにしあの日の教室

戦死公報信じぬ叔母に叔父の死を見しとふ兵を父は探しき

戦争を知らぬ議員の危ふさよ憲法改正を軽がると言ふ

老年の写真のみなり終戦をまたぎて生きし父母のアルバム

田草取り

辛抱強い人だつたのかわれを連れ田の草抜きに二十日めとなる

大きくて深き夫の足跡に泳ぐともなし目高の群れは

今われは夏雲の大き影のなか影の際まで田の草抜かむ

田に立ちて遠高空へ手をふれば入道雲の湧き止まずけり

よくもまあ生えたるものよ稗草《ひえくさ》が稲押し退けて株の間を占む

見え隠れ株間を遊ぶ鮠の子よはよ川へ出よ大干し近し

何としても抜かねばならぬ草合歓がはや実を結ぶみどりの莢に

稗草は果てもなければ稗抜きは打留めにせむ草臥《くたび》れ候《さうら》ふ

相続

舌打ちが洩れないやうに口つぐみ必要書類の説明を受く

相続の書類を鞄に市役所のドアを開けば雲の飛ぶ見ゆ

わが屋内をのぞきみるごと銀行員は母の謄本を幾度もめくる

亡き母の戸籍謄本にあらはるる会ふことなかりしあまたの縁者

相続に墓地は入らずと聞きてより村の墓原にはかに親し

この墓のすべてはわれに繋がると一つ一つを洗ひ浄める

雑煮餅十三個食ひ一升瓶枕に寝しとふ祖父の墓これ

餅好きはわが家の血筋搗きたての白き餅《もちひ》を墓に供へむ

戻されて若く逝きしとふ伯母なれば明るき花を選りて供へる

夕顔

とがりたる蕾のよぢりほどきつつ息づくやうに夕顔となる

夕顔は青みてひらく母逝きてのちにはじめてわが咲かす花

八月の庭きよめつつうばたまの夜をこめて咲く夕顔の花

夕顔は彼岸の花を思はせて月の光に白きはめたり

軒下に身も濯がれむま白さは夕顔の花その十ばかり

つくよみの光を籠めて夕顔の花の結べる種はま白し

古希にして知るひとつこと朝顔は黒の夕顔は白の種もつ

おくれ咲く花のあはれや霜月の闇にしろじろ夕顔の花

稲の花

稲の花ごらんくだされ八十と七十の二人が育てましたぞ

花掛水《はなかけみづ》・穂《ほ》水・出穂《でほ》水くらぐらと花をつけゐる稲田を満たす

踏みて立つふるさとの田に水匂ひ穂水を抱く稲青あをし

澄む空へ二時間を開き閉づといふ稲の白花地に落ちてをり

つくよみの照らす稲穂は残んの花まとひ寝るべしこのひと夜さを

あらし過ぐるを待てず開ける稲の花一椀二十円の飯となるべく

うす暗き田水に浮かぶ稲の花落ちゆく水に白のつらなる

稲穂

追ひ肥の時定めむと稲の茎剝く手に垂るる白き幼な穂

台風のあとの秋日にひかりつつ稲穂の上の麦藁蜻蛉

自転車に制服の少年走りゆく稲穂の露の光の中を

わが友と師の思ひ出を話しゆく千町《ちまち》平野に稲の香のあり

まだ居たか水落さむと巡る田の畦を横切り鼬逃げたり

稲の香のかすかに匂ふ稔り田を月の光がしんと照らせり

刈り時を決めむと寄りゆく稲の穂に負蝗虫《おんぶばった》のさみどりが乗る

休耕田

休み田は露の草叢たをたをと蝶は田芹のみどりに眠る

蝶の羽つゆにぬれゐるあかときを休耕田の草刈るわれは

羽たたみ眠れる蝶はつぎつぎにエンジン音に舞ひあがりたり

エンジン音に休耕田より湧く蝶を雲雀見てゐむ田亀も螻蛄《けら》も

倹約に求めしこの田が休耕田となれるを知らず父母は逝きにき

ひと夏に四たび代掻く休耕田は水張田のまま水をひからす

ビール麦・からし菜蒔きし年もあり今日休耕田にれんげ種蒔く

散歩

うす雲と岸辺の葦を写しゐる川にそふ道わが散歩道

水高く光りて魚のはねあがり散歩の会話ひととき途絶ゆ

どちらからともなく橋に歩をとめて往きになかりし眉月を言ふ

山の端の金にかがやく夕つ日は橋渡るまに沈みゆきたり

大ぶりのコップに活ける桜蓼よるの窓辺に茎のいきほふ

月かげ

うるうると稲田の果ての大き月寄りゆかば手のとどかむ高さ

いま出づる月はふうはり遊ぶがに垂り穂の上をしばし離れず

生まれ日の月は明《さや》けし生れし夜もかくや照りけむ父母《ちちはは》も見けむ

秋の夜のくまなき月に照らされてしづかに黒き百日紅の花

稲の穂のひと穂ひと穂に月影の沁みとほるまで月はさやけし

露を置く垂り穂はいまや静もりて中天の月稲田を照らす

不条理説きつつ

無花果も柿も皮ごと食ひしころの君を思へり五十年過ぐ

金婚の夫に剝きやる富有柿あまき香たつる祭りの夕べ

着膨れの夫の乗りゐるトラクターが打ち返し行くあらがねの土

よかつたのかこれで書斎より田へ出で二十年米作りたる夫は

書斎より書庫と言ふべき夫の部屋幾千の人の声ひそかなり

魚音痴植物音痴の夫の書庫図鑑と呼べるは一冊もなし

「本を買ふ道楽がござります」すまなげに姑言ひましき初に会ひし日

世の中の不条理説きつつ卓上の冬の苺を君はつまみぬ

君とふたりゐる時わたしは透きとほり明るき青にうかむ昼月

かたらへばかなしみの湧くかたらひのつひに消えたるあとのがらんどう

われらが生の束の間なれば人を恋ひ薔薇も咲かさむ種も蒔かむよ

稗切り

田の畦に砥石の音のさりさりと稗刈る鎌を夫は研ぎをり

うすあをき稲の幼な穂ひかり合ふ中へ分け入り稗草を刈る

向かう岸の下校の孫は稗を切るわれらへ大きく高く手を振る

除草剤まかぬわが田は日もすがら稗草刈れど刈れども果てず

ひたすらに稗刈りつぎて夕づけば汗ばむ背のにはかに寒し

選挙カーに「麦わら帽子の奥さまー」と呼ばれてゐるはわれのことらし

稲刈り

電線に並ぶ雀の一団がわが稔り田へつぎつぎ入る

無農薬の米見分くとふ雀らよ威しせぬゆゑたつぷりお食べ

土の川や田の石垣も消えたれど蛇《くちなは》は長き皮残しをり

だうだうと脱け殻さらす蛇よ稲刈りのわれが腰おろす地に

あの蜷局《とぐろ》はこのくちなはだ刈り置ける草集めゆくわが手に触れき

エンジンの音のみひびきコンバイン霧より赤き胴を見せたり

六人の家族に見られ惑ふやコンバインいくたび調子を崩す

コンバインの音にふためく蛙らの横つ飛びあり仰向けのあり

法六田《はふろくだ》・管減免《かげんめ》・須崎《すさき》田圃の名を孫に聞かせる由来とともに

月あかりに掛け稲せし日のはやとほくコンバインは胴に籾を溜めゆく

コンバインの吐き出す籾を受ける時運転席の瞖しづむ

豊作と言ひたるは誰ぞ六十年間かかる不作をわれは知らざり

倒伏のままの稲穂は芽を出せりまたも降り来る台風の雨

蜘蛛の子よ今宵はわれにな寄り来そ誰とも会ひたくない夜がある

米作りの師たる翁は逝きませり村の稲刈り済むを見届け

旅

・越前

藍鼠の琵琶湖をながく楽しみてトンネル抜ける越前の国

海と川の境もあらずひろらなる雨の九頭竜の河口を望む

鯖を背に鯖街道を歩みしは四十・五十の女なりきと

重治と重吉を生みし福井県つれあひの友のふる里にして

重治の育ちし土地に会はむとし一本田《いっぽんでん》の生家跡に来

老松のふたつ傾くあひに見ゆる城の石垣に日のあたりをり

拾ひ来し重治が生家の椿の実二つながらに虫食ひの穴

・来島の瀬戸

ガリバーの巨人のごとき橋脚がむんずと小島を踏まへて立てり

橋脚は影くろぐろと島をまたぎ桐の花咲く島暮れむとす

この島の三人《みたり》にあひぬ美しきひとりの娘ふたりの漁夫《れふし》

大潮の潮鳴やさしと寝転べば浜昼顔の花いややさし

逆潮をあへぎつつ来る小型船星なき夜の灯台めざす

伊予《いよ》の鯛備後《びんご》三原の旨酒に酔へばひたひた潮さし来る

遠き夜の子守歌とも潮鳴を聞きつつ眠る馬島《うましま》の宿

無機質の吊橋なれど昨夜《きぞ》よりの雨に烟りて島となじめり

・鳥取砂丘

月明の白き砂丘を吹き抜けし風はかすかな風紋残す

良き馬と馬子が自慢の道産子はふる里遠く砂丘に馬車曳く

頭たれ砂丘馬車をば曳く馬の臀部は汗に黒く光れり

重き馬車曳きたる馬は頭たれ嘶きもせず睫毛伏せゐる

ジャンプせしショーの一瞬眼の端に鯨は光る海を見けむや

南窗先生

不意ならぬ死はなけれどもまこと不意に受話器ゆ響く先生の訃は

先に立ち軽く歩みし師の声をさらひて響む唐琴《からこと》の迫門《せと》

道の辺の樗《あふち》に揺るる金の実かこれが樗と師は言ひましき

「方向音痴かね」師は笑《ゑま》ひつつ地下街の角をかろがろ曲りゆかれき

をりをりに齢みてゐる師の言葉「巧い歌より旨い歌だよ」

秋深む

提灯の明かり静かに村の辻照らし迎へる秋の宵宮

お米には神宿るとふ奉納の大き鏡餅白くもみあぐ

藪柑子・千両・万両小鳥らの持ち越しものが青き実むすぶ

ラ・フランス赤き林檎と青林檎にそつと挟まれ行儀よくゐる

ぴつたりと手窪にそへるラ・フランスの冷《つめた》き一果母へ参らす

ラ・フランス一果を食むにつくづくと身の冷《ひ》ゆるなり秋日の卓に

蓄へし一夏《げ》のひかり爆ずるがに石榴は空に赤く割れたり

空色の透けるガラスに包まばやひんやり赤き石榴のつぶ実

すきとほる石榴ほろほろてのひらにのせて口にすやさしかりけり

秋祭りを境に食べる富有柿の朱ひえびえと高枝にあり

父逝きし年あきれるほどに柿は生りその下ゆけり父の棺は

農とよぶなり

水と土をよごさず米を作り来しを誇りと思ひ稔り田に立つ

春けば隣の庭のひとすみに鶏膨れかたまりてゐる

検査員のひときは高き「ハイ一等!」お米に貰ふ今年の褒美

出棺を待つ村人は数珠を手に米の安値を話してをり

銭にならぬ米と歌とを心こめ作るわれなり今宵満月

知らぬまに最年長となりにけりここに米つくる女人の中の

あと五年米を作ると言ふ夫よあなた九十わたし八十

定年の無きをたのみて愚直にもなほ米作るを農とよぶなり

をやみなく夕山かげに葉を降らせ音もかそけく冬は来にけり

金いろの実をことごとく川底に沈めて樗は春を待ちをり

跋

大林義明

山口智子《やまぐちさとこ》さんは、真摯に歌作りに取り組まれている。その態度には頭が下がる。毎月の歌会はもちろんのこと、全国大会にも欠かさず出席されている。岡山歌会に来られたのが、六年ほど前で、その前にも歌を作っておられ、そのとき、石川不二子先生と出会われたのが縁で、竹柏会に入会されたとのことである。

農にあれば天子さまより旨い米食ふとふ翁に学ぶ米作り
大雪は豊年のしるし大晦日に降り来る雪よ田にしげく降れ
田に撒ける六百キロの米糠に雪はこんこんと降り積りゐむ

冒頭一首にまず驚いた。天子さまが食べられる米より旨い米、すなわち、日本一の米を作るということである。そんな意気込みの盛んな人に教えてもらって、米作りをする、しあわせな出会いと言えよう。

山口さんは、御主人とともに、昭和六十年から自然米作りを始められ、現在も続けられている。

この歌集では、その米作りの歌が、新年の雪から収穫後まで、鮮やかに美しく歌い上げられ、順序よく並んでいる。

しかし、山口さんのことを「さぶ・妹子《いもこ》・智子《さとこ》・里芋」等々、いろんな名で呼ぶ仲の良い御主人から、

「お前は、農業の歌ばかり作る。農業に逃げているのではないか。」

と、辛《から》い御指摘を受けたとのことであるが、私はいつも、農業の歌、米作りの歌をつくるべし、と言っている。

岡山歌会には、植物の○○さん、虫の△△さんと呼ばれる植物や虫のすばらしい歌を作られる人が居る。

それぞれの得意分野を、あくことなく詠めば良いと私は思う。

尾羽ふる背黒鶺鴒引きつれて寒の田おこす夫のトラクター
稲もまた手の温もりを喜ぶと勝手に思ふ糠を撒きつつ
基肥の米糠撒かむ田をうづめ種漬け花の白く咲きたり

農薬を使わない、化学肥料を使わない。だから、背黒鶺鴒が沢山やって来るのである。

稲が、糠を撒く手の温もりを喜ぶ、きっとそうであろう。そしてそれに応えて、たわわに稔ることであろう。

種漬け花は、種籾を水に漬けるころ花が咲く田芥《たがらし》の異名であるという。自然を大切にする農業から生まれた言葉であろう。

これから、農作業は、苗代作りへと移る。


種籾の塩水選をするわれを手持ち無沙汰に見る夫あり

二百枚の苗箱ならべ腰伸さむと畦にあがればすぐには伸びず
苗代を腹這ふみみずつやつやとからだ伸ばせり黒土の上
背の高き麦藁帽の種案山子《たねかかし》眠るごと立つ夫のシャツ着て

種籾を塩水に漬けると、良い種籾は沈み、悪いものは浮かぶ。トラクターの運転は御主人がされ、このような繊細な塩水選や苗代作りは、山口さんがされる。

代掻き田にむらがり漁る亜麻鷺を首たてて見る蒼鷺一羽
直線に弧にひるがへり虫を捕る燕ら一度もぶつからぬなり
夫の田植機ますぐに走れと念じつつわれ畦に立つ目印として
むかしより「歪み三合」とふがありときをり曲がる夫の田植
農薬を撒かねば勲章さづかれり今朝水口に生れたる目高

田の水の黒みゆくまでこのま昼おたまじやくしの生れやまずけり

私の住んでいる周辺では、化学肥料を使い、除草剤やその他の農薬を使うものだから、燕の飛来を見ることがない。おたまじゃくしも探さなければ見えない。

これに比べ、山口さんの自然米作りでは、亜麻鷺が沢山来たり、燕が飛んだり、目高やおたまじゃくしが沢山生まれている。そのなかで、夫婦共同して米作りをされている。ほほえましく楽しい光景である。

旨い米ができるし、それに劣らない旨い歌ができるはずである。

「代掻き」とは、水漏れを防ぎ、苗の活着をよくするために、田植え前に田に水を満たし、トラクターで土塊を砕き、田の面を平らにする作業。

「歪み三合」とは、田植えの植えた線が歪んでいれば、三合余計に収穫できる、と言い聞かせ、歪んでいることをよしとするもの。「歪み五合《ごんごう》」とも言う。

田植えから畦草刈り、そして田草取りへと続き、稲の白い小さな花が咲く。

稲の花ごらんくだされ八十と七十の二人が育てましたぞ
稲の穂のひと穂ひと穂に月影の沁みとほるまで月はさやけし
水と土をよごさず米を作り来しを誇りと思ひ稔り田に立つ

稗切りを経て、稲は遂に収穫となる。なんと沢山の手がかかることであろう。なんと沢山の秀歌ができることであろう。

今回は、米作りに焦点をしぼったが、ほかの歌も、完成した秀歌ばかりである。

どうか、旨い米作りと歌作りをいつまでも続けてほしい。

（竹柏会心の花岡山歌会）

平成二十六年二月

あとがき

中学時代からずっと国語が苦手で、級友たちが万葉集や百人一首を話題にしているような時にも、私は、ほとんどそれに加わることはなかったのです。母は田圃が一町歩もあり、幼い私も母の手伝いがあって、百人一首などで遊ぶ暇はなかったのでした。

しかし母の死後、老健施設の所長さんから聞いた話では、晩年の母は九十歳にもなって、「さくら苑」のカルタ取りで勝てるのが殊の外嬉しかったらしく、夜が更けても、百人一首をせがんで、職員を困らせたと言いますから、女学校時代のカルタ取りがよほど懐かしかったのだろうと思います。

私にも、高校時代からよく覚えている歌が一つあり、それがどの先生だったかは思い出せないのに、その先生の板書の文字は、今でも思い出せそうな気がするのです。

　夕されば小倉の山に鳴く鹿は

　　今夜は鳴かずいねにけらしも

この歌がそれだったのです。

私の結婚相手になる人は、いつも何か本を持ち歩くような人で、その頃、たまたま彼の手にしていた本が、彼の学生時代の恩師の古代文学者、西郷信綱著の『万葉私記』だったのです。その本の中で、前述の歌は、万葉の秀歌とされていました。

結婚後三十年、私は農家の跡取り娘として、農業に従事していましたが、夫が定年退職すると、私達は、無農薬、有機肥料の自然米作りを始め、そうしてそれから二十年、今では二人ともこの地区最高齢の農民夫婦となり、そしてこの間に国語嫌いだった私が、友人の勧めで六十歳で短歌を始め、それまで農家の主婦として、米を作る楽しさは知っていたものの、更にその上に働きながらそれを歌にするという、いわば二重の贅沢を味わうことができたのです。

　本集では、短歌を始めた平成九年から平成二十四年（六十歳から七十五歳）までの十六年間の歌から、三百首を選び、それを土づくりから米の出荷までの農作業にそって纏めました。

　自然米を作っていると、稲を育てるものは土と水と光といった所謂自然であり、農作業といわれるものは、ほんの手伝いに過ぎないこともわかって来るのです。穂が出て、花開く時、たっぷり引き込む水を穂水といいます。この歌集名を「穂水」としたのも、その実感あってのことでした。

　この度、現代短歌社からの御推薦で歌集出版を決心しましたのも、今年米寿を迎える連れ合いへのささやかな贈り物になればと思ってのことでした。それにつけても、思いますことは、いつもあたたかく見守ってくださる石川不二子先生から、あるいは私が先生とあい似た生活を送っているということもあってか、いつも思いやりのある励ましを頂き、それがどれだけ私の支えになったか、いまさらながら、感謝の意をこめて思うのです。

また、この間、私たちが送る毎月の作品に、すべて目を通して下さっている佐佐木幸綱先生のご苦労（そのことを、偶然にも私の歌の中で使った農業資材のラブ・シートという言葉の件で知ったのですが）に感謝を申しあげます。

はじめて短歌を作った私に、作歌の手ほどきをして下さった故西森南窗先生や、短歌を通じて出会うことのできました全ての友人の方々に、心よりお礼を申しあげます。

また大林義明様には、大変お忙しいにもかかわらず過分な跋文をお書き下さいましてありがとうございました。

この歌集出版にあたりましては、現代短歌社の道具武志様にいろいろご指導を頂き、ありがとうございました。ここに深く感謝申しあげます。

平成二十六年二月

山口智子

歌集 穂水

平成26年5月18日　発行

著　者　山口智子
〒701-4232 岡山県瀬戸内市邑久町北島885
発行人　道具武志
印　刷　㈱キャップス
発行所　現代短歌社

〒113-0033 東京都文京区本郷1-35-26
振替口座　00160-5-290969
電　　話　03(5804)7100

定価2500円(本体2315円+税)
ISBN978-4-86534-029-7 C0092 ¥2315E